句集

光

Kakiuchi Kayoko

柿内夏葉子

文芸社

序――美神とともに

「陸」主宰　中村和弘

柿内夏葉子は、「陸」創刊主宰田川飛旅子、「陸」創刊同人中村路子等の良き師、良き先輩に恵まれ、「陸」で長い間研鑽を積んできた実力派俳人である。お人柄が謙虚なこともあり目立つ存在ではないが、このように作品を集成してみるとそのことがよくわかる。たとえば、

旅鞄干すや桜の陽のたまる

一合の米強く磨ぐ雛の宵

氷菓食み黒子の佇てり楽屋口

供華挿され筒の孑孑溢れだす

「傘買ってヨ」傘が茸になつたから

足細きアラブの児等の断食日

焚火尽き結びしままの縄の灰

首立てて白鳥見えぬもの恐る

　等、私も納得する作品の一部である。一句目、旅鞄に折からの花季の陽射しが暖く溜る、時には旅先で酷使しそれに堪えてきたであろう作者の分身のような鞄。桜ごしの日に慰撫されているようである。

二句目、季語である雛の宵と上五七との配合、真っ白な米の飯と雛祭、これ以上何を望むことがあろうか。戦中、戦後を生きてきた作者ゆえいっそうの実感がある。

三句目、黒子はよく俳句の素材になるが、それは誰しもが持っているもう一人の自分を象徴的に感じるからであろう。この句の黒子は舞台での役割である黒子を終えるかして、まだその服装のまま氷菓をなめ疲れを慰している。黒子でない人間に還っているところを鋭く把えている。

四句目、墓参などでよく経験することではあるが、「孑孑溢れだす」とささやかなところをよく見ている。墓に供華を手向けたところ孑孑が溢れだした。意図したことではないが殺生をしてしまった。何かしらおかしみもただよう。他にも人生こんな偶然もあるということも感じさせてくれる。

五句目、この作者には珍しい作品。思わず膝をはたと打ち、これこそ「理外の理」と笑ってしまった。子供の物売りだろうか。作者はそこに居合わせたかして、面白いと思ったことだろう。我々の作っているこの俳句なるものも実は「理外の理」を探究することでもある。「俳諧は三歳の童に作らせろ」という古人の言葉はこういうことも含まれていよう。もちろん柿内夏葉子は三歳ではない。が、童心の大切さを知っておられるゆえこんな作品に恵まれた。

六句目、アラブの子供たちの断食の光景が目に浮かぶ。国によっては食足りていると思えないほどに細っそりとした足首の子供達、宗教の戒律とは言えそんな子達にもラマダンがある。作者のそんな視線。

七句目、きつく結ばれた縄、その結び目そのまま崩れることなく灰になっている。何か象徴的な光景である。人類が滅んだのち、こんな光景が化石となって残る？　などと想像をさそわれる。

八句目、白鳥が警戒して首を立てている。人にはわからぬが白鳥には危険が感じられるのだろう。そこが野性ゆえの血。「見えぬものこそ恐ろしい」とは作者の認識。白鳥等でなくとも、我々人間においても目に見えないものこそ恐ろしい。今日、その最たるものが放射能、と想像が広がる。

私の好きな作品をとりあげ、縷々述べてきたが、この八句の中にこの作者のエッセンス、レトリックが象徴的に表れていよう。またこの作者は、前主宰田川飛旅子もそうであったように熱心なキリスト教の信者である。「神の存在と詩である俳句」作者にとって永遠のテーマであろう。


初蝶を見し目つぶって神見えず　田川飛旅子

という私の愛誦している作品がある。初蝶がややたどたどしく舞っている。ふっと神の見えそうな予感。ちょっと目をつむってみたがやはり神の姿は見えない。が、なにか豊かな感じ。凡神論的に言うと、初蝶こそ神の姿ではないだろうかと私などは思ってしまう。

柿内夏葉子にとって神と俳句はいかなる関係であろうか。神をテーマにした作品は意外に少ない。数句とりあげてみる。

十字架に触れる山茱萸香の増せり

神在す辺り絵凧のふらふらと

今頃はどの花の彩神の国

神の棲む池に菖蒲の影の濃し

木枯の胸吹き抜けて神在らず

極月や地に住む神を探しゐる

やはり神は見えないものであろうか。見えないものゆえにときに詩神と同化しているとも想える。一句目、十字架に触れたがゆえ山茱萸が一段と香を強くした。そこに作者は神の存在を確かに感じとった。二句目、この作品は集中もっとも好きなものの一句。絵凧が風の具合か、少々頼りなくふらふらとしている。神の力によってやっと宙にとどまっている。三句目、想像するにハライソとはこういう美しさに溢れたところとも。美しすぎて寂しいほどである。四句目、この句は現実的に美しい。キリスト教の神というよりも、ギリシャ神話の美神が現れそうな気配。五句目、どこにもうるおいも救いもない時、そんな時はやはり「神も在らず」と少々懐疑的。六句目、天国に在す神でなく、極月ゆえ困っている人々に手を差し延べてくれる神をふと探し求める心地。

と、作品に示現してくる神が各々異なる趣きをもつのはその時々の作者の心、心の揺れとでも言おうか。そこが私には興味つきないところである。

作者も八十三歳、そろそろご高齢と申し上げても叱られることはあるまい。俳句を熱心に作っているゆえもありお心もお身体も若々しい。今後の俳句活動を、陸の仲間たちと注目し、見守っていきたい。

句集　光●目次

春——明日の桜

花の散る夕べ子兎耳を折る

モーセ野を彷徨ふ話春暖炉

一里塚に黒猫眠る花疲れ

花日和残し地下への段下りる

岩蔭の砂になりたき桜貝

花片の自由になりて溝に落つ

花散る日終り流しに泡すこし

三日見ぬ野良猫に買ふ干鰯

桜貝拳を緩く持ち換へる

黒衣着る為卒業す神学生

春風を摑みしと思ふ時のあり

山の雑貨屋楤の芽束と猫一匹

独りの餉山椒一葉の奢りあり

少女輪に柔軟体操椽芽咲く

旅鞄干すや桜の陽のたまる

落椿地にあり尚も深き彫り

核重き世界へ桜開きたり

花疲れ独りが好きになる齢

一合の米強く磨ぐ雛の宵

捨てること学ぶ聖堂四旬節

桜蝦一つ摘まれ買はれけり

古雛に今年の言葉かけにけり

小石蹴る弱者の怒り梅蕾む

春立ちぬ母の留袖手放して

深山蝶使者とし翔たす未知の国

少年の買ふフリージアの置かれる場所

節分の夜更け神父と豆かぞふ

巣籠りの白鳥の凝視より逃る

髪切つて今日生れたる欅の芽

大学に鈴懸の絮ドラム打つ

夫とゐて白梅に向き独りとなる

半日を輸血の手配花満つ日

夜の深し白木蓮の千手顕つ

木の芽摘み棘の痛みを持ち帰る

亡き父の研究室に灯桜散る

一と声に得しもの落し雉子翔てり

友見舞ふ茅花見て来しこと告げず

友との距離皿に浮べし落椿

公魚の卓に運びし湖の銀

鍵かけておく筐入試終る迄

靴尖に少し被りし桜潮

自転車の荷台に繋ぐ児と風船

紅梅の濃きを残して家毀す

大根の首のみどりの春に会ふ

青リボンは雄なり仔猫眠りゐる

人通さぬやう植ゑたり沈丁花

辛すぎる地の塩と生き淡桜

掌に蝶の残せし虚空かな

春立つ日素顔に受くる砂嵐

夫急逝

受難週の霊安室に頬冷ゆる

手にとりて片貝ばかり春汀

亡き人のメモ燃すほむら花蘇枋

崩壊は次の旅立ちたんぽぽよ

片耳の埴輪の聞きし落椿

手の内をすべて見せたり白木蓮

白木蓮に光集る女系家族

単身赴任早春はどこから始まる

梅蕾む希望の数と同じ程

春汀女どこから崖下りし

十字架に触れる山茱萸香の増せり

口あかぬ汁の蜆のかなしかり

神在す辺り絵凧のふらふらと

ちぎれ凧遥かに白きコンビナート

新婚や盆梅の水切れてをり

クレド云ふ声のかすれし復活祭
（クレドは信仰宣言）

雪吊りを外せしさまに子の巣立つ

主なき書斎をのぞく桜の芽

桜散る明日の桜であるために

混沌の世にある秩序蕗の薹

谷戸翳り紅うつむきて藪椿

卒園証書受けんと児段に蹟けり

ジョニーと言ふ捨猫膝に温み分く

灯台の下の暗闇藪椿

散る力秘めて華やぐ夕桜

種袋振りて励ます日曜学校

ミサを終え児にタンポポの絮吹かす

春立ちぬ白磁の底に薄茶の泡

亡き夫の三角定規シクラメン

今頃はどの花の彩神の国
花散る日カンバス黒く塗りつぶす
藪椿無縁仏に二、三輪

花吹雪聞き耳たててゐるばかり

亡き夫の靴を磨きて桜待つ

音立てて自動改札春の昼

イヤリング春陽に光り聞こえぬ耳

朝陽はじく高階の窓春立ちぬ

復活日過ぎし日と今二つもつ

花の雨新人類と分かち合ひ

花の雨バッハの凹凸聴き戻る

花散る庭掃かず踏まずに一日終ふ

過去がすぐ覆ひ重なる夕桜

追悼　中村路子先生

山桜のひとひらとなり師の逝けり

宴あと何時も春愁もち帰る

木蓮の蕾平和の燭とせり

光充つ白木蓮の葬の庭

つちふる日庭に水撒き人許す

雛しまふあと幾度の再会か
木苺の花の小道を柩行く
癌を病む司祭洗礼さづけたり

夏——絵蝋燭

花キャベツ葉に包まれて雲湧きぬ

夏蝶の縞を合はせし深き息

香を放つとき白百合は地に向けり

空蝉の葉裏に縋る脚ぢから

甘き語を拒みつつ容れつつ蚊遣香

青胡桃二つ転がる遊女の墓

昨日を捨て青き葡萄を見上げをり

祭笛首で拍子の飴細工

緑蔭の夫踏み込めぬ背を持てり

花氷共同謀議信徒らに

檜材肩で運ばれ枇杷青し

湖に向き亡き父の座す籐の椅子

靴下にほつれ走れり梅雨激し

桐の花見て服の色決めてしまふ

十薬のスペードを抜く不安な日

山法師自分一人のクルス持つ

衝突は宇宙にもあり明け易し

禅寺の廊に俗世の素足あと

責終えて尾のない蜥蜴となりてゐる

青葉光ほくろみせ合ふ少女たち

氷菓食み黒子《くろこ》の佇てり楽屋口

枇杷を踏む枇杷が踏絵と気付かずに

母の日や投函されぬ便り待つ

複製のゴッホ傾く梅雨の壁

死に急ぐことなし白蛾窓を打つ

錦鯉貫き通す風の意志

裸婦像の胸を蔽ふ手蝉の森

パンの黴削り女のふと悲し

ががんぼを日照雨《そばへ》に放ち子供の日

花菖蒲空指し空受け怠けし日

バラの束括らる事故の橋桁に
供華挿され筒の子子溢れだす
蟻地獄待つものいつも通り過ぎ

竹煮草からから吹かれけものの道

人間が好きと五月の海の前

人遁れ緑蔭に住み人恋ふる

墓標なき敗者のねむり蛇苺

枇杷ここにありと山かげ黄を灯す

発掘の瓦に布目梅雨湿り

滅びゆくものを探しに初夏の島

撲たずおく白蛾に十日ほどの生

崩れると泰山木の叫びの香

訃の知らせ持ちて青葉の旅にあり

緑蔭に待つ苛立ちを爪先に

柚子の花便り殆ど負の知らせ

十字架に血の色添へる桜《ゆすら》梅《うめ》

三猿となるクラス会梅雨曇

青枇杷の窓にたわわや癌病棟

癒えし夫にネクタイ選ぶ濃あぢさゐ

猛暑来て裡に獣性目を覚ます

逢ひたくて白百合の奥探しゐる

紫陽花に雨や涙し心繋ぐ

白菖蒲かすかに含む水の色

さくらんぼ黒く口中充たしゐる

逝きし夫羨みては消し山法師

風薫るバター飴しづかに融けてゆく

絵蝋燭みどりの旅を灯しけり

江戸紫今にうけ継ぎ花菖蒲

電器店軒の子燕顔中口

手を洗ふ石鹸に虹みたる午後

蜘蛛の囲に雫光りぬ人許し

去る人の持ち去るものに夏痩せし

ハライツは菖蒲の池に写る空
（ハライツは天国）

泣いてゐるチェロの高音梅雨の雲

神の棲む池に菖蒲の影の濃し

香のつよき山百合八十路眠られず

夏の旅通信販売の靴緩し
さくらんぼ向きの自由を羨める
籠るなり避暑地の友の数減りて

客を待つ蝿一匹に手子摺りて

バンダナからはみ出す茶髪夕立来

どくだみの香の拡がれや十字切る

すぐ散ると知りつ供ふる花みかん

クレーンの腕事故車泳がす梅雨の空

戦あるアフガンの野に緑さがす

袋よりルバーブはみ出し旅みやげ

ブナの葉やオカリナを吹く髭男

バラ園に白の断章散策す

戦ひの国の子等の眼透き通る

横浜の海戦を知らず鱧食す

僧の婚客皆涼しき頭して

菖蒲苑巡る雨傘人間いろ

写真すべて燃やす煙の柿若葉

翌朝の月下美人の花の茎

秋——ハンドベル

吾亦紅野の句読点となりにけり

空の碧もらふ露草原爆忌

新松子見て来て若狭塗の艶

秋陽浴ぶ土師器一片地に残る

昼間見し団栗の夜を思ひをり

声憶えられ芒野に再会す

オーボエの風の流れや花野行

敗戦の日の蜩を耳底に

菊の宴花嫁の背の白家紋

月の裏知りたくはなし科学博

コスモスに風の伝言濃く薄く

兄となるを告ぐ少年鵙の眼す

竹の花傍観者の眼我にあり

身の内に鍵の開け閉め濃紫陽花

出棺のあとの畳の菊の弁

白萩に切子の脆さ一と日減る

潮騒に消されし言葉鳥渡る

霧の夜の終りの音のオルゴール

霧の生む軽井沢の花色の濃き
霧の奥求めて森を抜けてしまふ
落ちさうな葉先の露に似てひと日

霧重し添ひ行く夫のなき如く

霧去つて今生れしかに道祖神

柩車出づ地に金木犀の花沈め

紅玉の化粧は白粉おとすこと
音消して山荘の夜の黒葡萄
内なるもの指先にこめ葡萄剥く

芒の穂旅の行く先知らせずに

火の山の麓風棲む蕎麦の花

野の花の露の重さに耐ふる白

看板屋秋の陽四角に塗り替える

都会の息ありつたけ吐く花野かな

まだ会へぬ駅の広さや夕野分

眼裏に紅葉谷おき米を磨ぐ

秋桜殺されに行く牛の列

四捨五入孤独と気楽銀杏散る

黒葡萄むく心まで透明に

シルクロード博　二句

深眠り覚めし切子ややそぞろ寒

絨緞織る韃靼の歌秋高し

信濃路や方形に干す新小豆

秋霜や再検診の通知くる

二人居て一人の余白落葉踏む

身の巾ほど生き芒野を分け入りぬ

夜の野分自在に通し踊る袖

木地師の子木地師継ぐべし紅葉映え

翳り来し谷戸は紅葉を沈めをり
野沢菜を細かく刻む背の抗ひ
霧を行く二人となりて今の在り

神の言葉時に疑ひ霧に棲む

邯鄲を身に蓄へて今日終る

白萩や峡に抱かる沼揺らす

指紋うすき指の本くる秋灯し

秋霖や傘さしかけて墓誌を読む

蜻蛉舞ふ空の続きにヘリコプター

命落つ音を想へり栗落つる

落葉覆ふ地との応答秘めやかに

貼り終る障子に勁き夫の影

履き馴れし靴と別るる紅葉行

空の彩羽にうつして夕あきつ

ラムネ玉音たてて沈む芒原

茹で栗をこがし隣家かと思ふ

ひと房の絆危ふし黒葡萄

「傘買つてヨ」傘が茸になつたから

着てみせる人亡き秋の服求む

雲流れ牧閉づ刻を知らぬ牛

ちよごり婆農家の軒の唐辛子

落葉松に唐三彩の紅葉みる

ジャコメッティ風の芒となりて立つ

コスモスの風に乗りくるものを待つ

コスモスと共に揺れをり懺悔して

七夕やわが彦星の見つからず

少年の食む白桃未熟なり

わたしの言葉吾亦紅に散らしたり
踏まれゐる神の落葉に吾重ね
誰が応ふ七夕祭の願ひごと

木枯一号交番にそば出前

教会の鈴なりの柿なぜ捥がぬ

耆り持つ耳に小さき虫の声

黄葉か紅葉か児らは議論中

青栗を残し別荘閉ぢにけり

足細きアラブの児等の断食日

秋天にバッハを播きぬハンドベル

再会は棺の顔に菊をおき

便り待ち獅子座流星の空見上ぐ

クラッカー噛む音サクサク秋の宵

わが膝に鞭打ち施餓鬼の経をきく

盆ばやし落葉松林を抜けてくる

亡き夫の植ゑし山百合実となれり

お祝は頬にキスして敬老日

みせかけの平和宣言白木槿

豚汁を売る神学生敬老日

冬——降誕歌

蔵前にて

花枇杷や幻の蔵建ててみる

この年の外套重く歩み出す

木枯の胸吹き抜けて神在らず

漉舟の水霞み来て紙生る

老牧師に拷問の傷風花す

極月や地に住む神を探しゐる

日向ぼこ老いて究む眼尚持てり

冬の虹むすぶ若狭と未知の国

爪先に全身預け凍ての坂

降誕歌ロビーに流れ貯金出す

焚火尽き結びしままの縄の灰

鮟鱇を剥く時の修羅魚市場

甕より猫つまみ入れ猫語言ふ

陽の射さぬ処我が場所花八手

開演の五秒前なる隙間風

哀しくて鉛筆買ひに霜の朝

求めゐる光の他の雪明り

寒卯くづすことより今日始まる

黒と白の糸と針もち冬の旅

枯木立神社裏側総て見せ

青年の霜野に放つ傷の鳩

首立てて白鳥見えぬもの恐る

細き枝雪支えをり停年来

足袋緩く履かせ柩に余白あり

人容れて庵主の影の白障子

神在りと雪の比良みる一人旅

冬茜明日に托さんことばかり

冬茜暗く終りぬ徒労の日

短日の陽を追ひて干す夫の本

冬鷗光となりて海に去る

冬汀吾れに欠け貝残しあり

冬鳥アングル変へてもやはり鳥

湯気立てて夜を和らげ断り状

籠り居の雪の一日豆を煮る

玻璃一重の脆き冬麗夫とゐて

背に跳ねしマフラーの房恋心

毛皮着て素顔を晒す少女達

交はりの繁きは縺れ冬の蔦

姑よりの便りも加へ落葉焚く

朝の雪白紙に戻すこと学ぶ

人寄せぬ凍鶴の紅立ち尽す

手袋のままの握手にこだはれり

冬木立の分身となり佇つ少女

陶片に幻の壺枇杷の花

冬鷗昼を傾け父の郷

冬濤の攫ひ行くもの数へたり

粕漬の鮭焦げやすし十二月

年の瀬の手をポケットに何の列

日勤簿木樵にもあり冬に入る

侘助や心眼で選る贋の壺

裸木に蓄ふ力職を退き

冬濤のくづれ引きては又立てる

湖叩き妻訪ひに翔つ白鳥は

冬怒濤微塵となれば光りたり

とべないから冬の鷗を見にゆけり
冬すみれ知識進みて失せしもの
魂が寒し山荘の日暮どき

書斎より咳そつと覗きみる

水仙花誰に托さん死化粧

メサイヤの余韻寒気に頬打たす

枯れかけし蟷螂うすく轢かれをり

冬海のしづまり渦潮は胸のなか

「冬牡丹見頃」と貼りて苞の中

冬の芽を裡に育てて旅仕度

冬すみれ強く生きよと亡夫《つま》の言ふ

夜の霙無為のひと日の音として

もう撤かぬ福豆夫は天国に

マスクして裡を見せずに遺品分け

雪の夜音が欲しくて猫を呼ぶ

断り状冬季五輪の切手貼る

枝打ちの切り口命の水滲む

小雪の日ピアノ調律つづくなり

田川飛旅子先生
逝きし師にとどけと暖炉燃やしけり

平成不況よき古セーターにこだはりぬ

雪原に楔形文字書く何の鳥

竜の玉床に叩きて病断つ

山茶花の神に給ひし縁の紅

立冬やテロとコーランどう結ぶ

梟は学問の神ねずみが餌

牧師より貰ひしクリスマスローズ咲く

手の重ね司祭促す冬の婚

元旦や老いても叩く光の門

跋

山本千代子

受難週の霊安室に頰冷ゆる

平成七年四月十一日のご主人様の突然の旅立ちは、夏葉子さんにとってどれほどの痛恨事であったか想像に難くありません。その日お二人の用件をすませて、別の用事のあった夏葉子さんは霞ヶ関駅で別れたそうですが、その駅頭でご主人は倒れられたのです。再びお顔を見たのは病院の霊安室だったといいます。

「受難週」というのは、十字架にかけられたイエス・キリストの復活前一週間の受難を記念して祈る期間。牧師さんは「受難週に亡くなられたご主人様は一週間で復活なさるのですからお幸せですよ」とおっしゃったそうです。

亡き夫の靴を磨きて桜待つ

逝きし夫羨みては消し山法師

逢ひたくて白百合の奥探しゐる

「陸」誌上の毎月の作品は、夫を追憶し、一人となった寂しさを詠うものが多く、悲嘆の波に呑みこまれているように見えました。

だが、このたび句集出版のお手伝いをさせていただくことになり、何度かお会いしているうちに心配のないことがわかりました。確かにお子様はいらっしゃいませんが、教会の方や主治医の先生などにしっかりと支えられておられる。

まだ孤独を飼い馴らすまでには至っていませんが、中心に信仰があり、毅然と、そして楽天的に日を送っておられる。私は思わず「もうそろそろ寂しい悲しいの句はおやめになったら」と申し上げてしまいました。「他の句材がないから……」という答えにさもありなんです。

私はかつて、物理学の東大名誉教授でいらしたご主人の柿内賢信氏にお会いしたことがあります。それは「陸」東北大会の途次でしたが、ご夫妻共にスラリとしてお似合いのお二人だなア、と思ったことを鮮明に覚えています。学者らしい静かな方という印象でした。

夏葉子さんの俳句は、熱心なクリスチャンとしての日々が柱になっています。賢信氏がフルブライトの研究員として渡米した折、「聖公会」に触れ、帰国した時ご夫妻で入信されたという。

ミサを終え児にタンポポの絮吹かす

山法師自分一人のクルス持つ

柿内家には、生前のご主人も可愛がっていらした老猫が二匹いて、一人となった夏葉子さんをなぐさめています。

糞より猫つまみ入れ猫語言ふ

ジョニーと言ふ捨猫膝に温み分く

雪の夜音が欲しくて猫を呼ぶ

ジョニーというのは、捨て猫になっていたのをご主人が「かわいそうだから飼ってあげなさい」ということで家猫となったといいます。夏葉子さんはお殿様にでも仕えるようにその二匹にかしずいています。牛乳でも刺身でも、ニャアと鳴いたところへ皿を持っていってやるのにはあきれました。

巨人好きなので名づけたという原辰徳君は白黒の太っちょさん。人間でいえば八十三歳だといいます。私が「それでは夏葉子さんと同い年ですね」と言うと、「いえ、私のほうが年下なの。私は七月二十一日生まれで、辰ちゃんは七月一日なので、二十日私のほうが若いの」と真顔でおっしゃる。唸るほかありませんでした。

神の言葉時に疑ひ霧に棲む

私達の師であった田川飛旅子先生も敬虔なクリスチャンでした。私はクリスチャンではありませんが、飛旅子俳句理解のために、このところキリスト教や聖書の解説書を読んでいます。「初蝶を見し目つぶって神見えず」「神ありと決めし目で読む冬の星」など、飛旅子先生も長い間「神は在すか」の問題に悩んでいらしたのでした。

元旦や老いても叩く光の門　　夏葉子

これは今年の新年の句です。現在も車を運転し、聖書の勉強会やイラクの子供にワクチンを贈るチャリティ活動をなさる夏葉子さんには、まだ叩くべき門があるのです。

ご本人の弁によれば、「いろいろ言うに言えない苦労もあった」ということですが、「俳句と信仰があったから本当によかったわ」とその恩寵に感謝しておられる。たまたまですが、飛旅子忌にこの跋文を書き上げたことは何かのゆかりを感じます。

「光」とは、美しい輝きであり、人に明るさをもたらすものです。『光』のご上梓心よりお祝い申し上げます。

平成十六年四月二十五日

あとがき

　故田川飛旅子先生が「陸」を創刊されましたのは昭和四十九年でした。私は田川夫人と同級でしたので夫婦共々親しくしていただいておりましたから、早速会に入れていただきましたが、作句を始めましたのは一年ほど後になります。以来、同句会の中村路子先生を囲み私宅で五人ほど集まり小句会を楽しんでまいりました。お陰さまで「陸」の会の旅行などに参加し、楽しい時を持つことができました。

　しかし主人とともにキリスト教の洗礼を受けましてから、教会の仕事に追われ、日曜日に「陸」の句会になかなか出席できず、投句だけは休みたくないと思い、がんばって作句を続け、つたないながら二十年近く前に『踏絵』と題し句集を出版することができました。

　そして、主人急逝後十年近くなり、教会の働きもちょうど一区切りつきまして、心寂しい気分でおりましたので『踏絵』出版後の句をまとめてみようかと考えました。

信仰の多くの友人、句会のお仲間に支えられて我が身を励まし上よりの御護りに感謝している日々ですので私の生きてきた証《あかし》にもなりますかと、ここに拙い句集を上梓することにいたしました。

上梓に当たって、「陸」の句会の先輩の山本千代子様は親身もおよばぬご助言をくださり六百余句の中から選句もお手伝いくださいました。「陸」の主宰の中村和弘先生にも序文をいただきまして、言い尽くせぬ感謝のうちにこの句集ができ上がりました。心から感謝を捧げます。

平成十六年五月

柿内夏葉子

著者プロフィール

柿内 夏葉子（かきうち かよこ）

1921年（大正10年）7月、東京に生まれる。
1974年、田川飛旅子主宰の「陸」に入会。
現在「陸」同人、現代俳句協会会員。
著書に第一句集『踏絵』（1990年、近代文藝社刊）がある。

句集　光

2004年7月15日　初版第１刷発行

著　者　柿内 夏葉子
発行者　瓜谷 綱延
発行所　株式会社文芸社
〒160-0022　東京都新宿区新宿１－10－１
電話　03-5369-3060（編集）
03-5369-2299（販売）

印刷所　東洋経済印刷株式会社

ISBN4-8355-7619-5 C0092